경고!

이 노트는 특급 비밀로 가득한 개인 재산입니다.

소유자 :

글·그림 트로이 커밍스

트로이 커밍스는 괴물에 관심이 많고 온종일 이야기를 쓰거나 그림을 그리던 아이였습니다.
잠자리에 드는 시간이 조금 늦어졌다는 점을 빼면 어른이 되어서도 하는 일은 별반 달라지지 않았습니다.
50권 이상의 어린이책을 지었고, 다른 작가의 이야기에 그림을 그리기도 했지요.
신문, 잡지, 카드, 보드게임, 광고까지 다양한 작업을 했습니다.

옮김 김영선

서울대학교 영어교육과와 미국 코넬대학교 언어학과에서 공부했습니다. 어린이와 청소년을 위한 책을
우리말로 옮기는 일에 힘쓰고 있습니다. 2010년에《무자비한 월러비 가족》으로 IBBY(국제아동도서위원회)
어너리스트(Honour List) 번역 부문 상을 받았습니다.《비밀의 숲 테라비시아》,《구덩이》,《로빈슨 크루소》,
《보물섬》,《웨이싸이드 학교 별난 아이들》,〈톰 게이츠와 개좀비〉시리즈 등 200여 권의 책을 우리말로 옮겼습니다.
특히〈제로니모의 환상 모험〉시리즈와〈제로니모의 환상 모험 그래픽노블〉시리즈를 번역하기도 했습니다.

Monster notebook

Copyright © 2017 by Troy Cummings
All rights reserved.
This Korean edition was published by E*PUBLIC KOREA CO., LTD in 2024 by arrangement with Scholastic Inc., 557
Broadway, New York, NY 10012, USA. through KCC(Korea Copyright Center Inc.), Seoul.

이 책은 (주)한국저작권센터(KCC)를 통한 저작권자와의 독점계약으로 (주)이퍼블릭(사파리)에서 출간되었습니다.
신 저작권법에 의해 한국 내에서 보호를 받는 저작물이므로 무단전재와 복제를 금합니다.

경고!
절대 열면 안 되는
공포의 노트

수퍼 초비밀 괴물 특공대!

몬스터 도감

글·그림 트로이 커밍스 옮김 김영선

사파리

경고! 절대 열면 안 되는 공포의 노트
몬스터 도감

초판 1쇄 인쇄일 2024년 12월 5일 I 초판 1쇄 발행일 2025년 1월 10일
글·그림 트로이 커밍스 I 옮김 김영선
펴낸이 유성권 I 편집장 심윤희 I 편집 유옥진, 한지희, 김유림 I 디자인 황금박g
마케팅 김선우, 강성, 최성환, 박혜민, 김현지 I 홍보 김애정, 임태호 I 제작 장재균 I 관리 김성훈, 강동훈
펴낸곳 (주)이퍼블릭 I 출판등록 1970년 7월 28일(제1-170호)
주소 07995 서울시 양천구 목동서로 211 범문빌딩 I 전화 02-2651-6121 I 팩스 02-2651-6136
홈페이지 www.safaribook.co.kr I 카페 cafe.naver.com/safaribook I 블로그 blog.naver.com/safaribooks
포스트 post.naver.com/safaribooks I 인스타그램 @safaribook_ I 페이스북 facebook.com/safaribookskr

ISBN 979-11-6951-780-5 74840
       979-11-6951-765-2(세트)

KC마크는 이 제품이 공통안전기준에 적합하였음을 의미합니다.
제조자명 : ㈜이퍼블릭(사파리) 제조국명 : 대한민국 사용 연령 : 8세 이상
종이에 베이거나 모서리에 다치지 않게 주의하세요.

규칙 1 모든 괴물이 나쁜 것은 아니다.

규칙 2 어른은 괴물을 못 본다.

잠깐!
이 어른은 볼 수
있다.

규칙 3 주의! 어떤 괴물은 선생님인 척 위장한다.

규칙 4 항상 손전등을 지니고 다닐 것. 언제 어두운 지하실이나
다락방, 괴물 뱃속에 떨어질지 모른다.

규칙 5 아침은 남기지 말고 꼭 다 먹을 것. 괴물에 맞서 싸우려면 힘이 필요하다.

규칙 6 괴물은 아주 작은 것부터 엄청 거대한 것까지 크기가 다양하다!
우유갑을 열 때, 오렌지 껍질을 벗길 때, 치약 뚜껑을 열 때도
괴물이 나올 수 있으니 조심하자!

규칙 7 괴물과 싸운 뒤에는 꼭 신발을 닦자. 집 안을
찐득찐득한 괴물 점액투성이로 만들었다가는
부모님으로부터 외출 금지를 당할 수 있다.

규칙 8 괴물들은 대체로 입냄새가 지독하다. 어디에선가
악취가 난다면 반드시 보고해야 한다.

규칙 9 본부에는 괴물과 맞서 싸울 장비를 갖춰 놓도록 하자.

규칙 10 괴물은 아이를 껴안거나 향긋한 꽃향기를 맡는
것을 좋아한다. 농담! 절대 괴물을 껴안지
말 것. 특히 꽃향기를 맡는 괴물이라
면 더더욱!

경고!

이 노트에는 특급 비밀이 담겨 있으며, 노트의 주인은

슈퍼 초비밀 괴물 특공대이다!

스터몬에 있는 가장 강하고 영리하며 빠른, 괴물과 싸우는 단 하나뿐인 조직!

만약 이 노트를 주우면, 괴물에게 잡아먹히기 전에 알렉산더 봅(주소:갈까마귀길 55)에게 돌려주세요.

슈퍼 초비밀 괴물 특공대는 아주아주
오래전부터 으르렁, 쉭쉭, 딱딱거리고, 스르르,
확확 움직이고, 울부짖고, 할퀴고, 침을 쏘고,
우걱우걱 씹고, 어린이를 잡아먹는
괴물들로부터 사람들을 보호해 왔다.

슈퍼 초비밀 괴물 특공대는 **4** 가지 초특급 비밀 병기 덕분에
수많은 괴물과의 싸움에서 이길 수 있었다.

1. 우리의 멋진 깃발

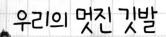

슈.초.괴.특.

잡아먹히지 말자!

2. 슈.초.괴.특.의 멋진 맹세

슈.초.괴.특. 공식 선서

왼손을 들고 함께 큰 소리로 읽는다.

만약 밤늦게까지 깨어 있을 수 있다면, 달빛 아래에서 할 것.

온 몸이 걸쭉한 점액으로 뒤덮이고 툭 튀어나온 눈을 가진 괴물들이 학교 아이들을 통째로 삼키려 덤벼들 때, 나는 괴물 특공대의 일원으로서 그들과 맞서 싸울 것이며, 또한 패배하지 않으려고 노력할 것임을 맹세합니다.

(별명: 도롱뇽!)

3. 우리의 멋진 대원들

알렉산더 봅

좋아하는 것: 괴물 이야기 읽기, 자전거 타기, 전투 작전 짜기.

싫어하는 것: 괴물들에게 맞고, 씹히고, 내던져지고, 삼켜지는 것.

재미있는 사실: 알렉산더의 생일은 4년마다 한 번씩 오는 2월 29일이다.

립 본카우스키

좋아하는 것: 칼싸움, 땅다람쥐 스터몬 스텔라, 컵케이크, 피구, 괴물 홍보기.

싫어하는 것: 채소. 특히 사람을 두드려 패고 거대한 호박에 쏴서 넣는 괴물 채소들.

재미있는 사실: 옷소매를 걷으면 멋지고 다양한 판박이 문신이 드러난다.

니키 허버드

좋아하는 것: 지렁이처럼 생긴 딸기 맛 젤리. 후드 달린 윗옷, 후드 뒤집어쓰기.

싫어하는 것: 어른들이 아무 이유도 없이 만든 한심한 규칙들.

재미있는 사실: 니키는 사실 괴물이다! 잼파이어라고 하는 착한 괴물이다. 잼파이어 쪽을 참고하자.

도티 로저스

좋아하는 것: 토끼! 산토끼! 집토끼!

싫어하는 것: 눈 뭉치에 맞는 것.

재미있는 사실: 도티는 수학 시험에서 100점 아래로 받아 본 적이 없다.

골프만에서 열린 여덟 살 생일 파티 때 슈.초.괴.특.에서 은퇴했음.

예전 대원들

⚠ 지미 호슬리

로드니 피.

📏 헬렌

좋아하는 것: 안전랜드!

싫어하는 것: 위험, 골칫거리, 생쥐.

재미있는 사실: 지미의 머리는 헤어 젤을 바르지 않아도 위로 바짝 솟는다!

4. 우리의 멋진 괴물 노트!

당연히 독자 여러분도 이 노트를 가지고 있다. 지금 손에 쥐고 있는 바로 이 노트!

(*사실 비밀 병기가 5개 더 있다. 책장을 넘겨 '우리의 슈.초.괴.특. 본부!'를 보라.)

우리의 슈.초.괴.특 본부!

칠면조숲에 숨겨진 낡은 기관차

이 기관차는 원래 스터몬의 '슈퍼 초고속 괴력 특급 열차'에서 운행하는 차량이었다.

기차 랜턴

스터몬 지도

괴물과 싸울 때 쓰는 비밀 특급 장비들. 손전등, 요요, 깃털, 하키 스틱 등.

보드게임

녹슨 바퀴

변장 도구! 에이브러햄 링컨 수염, 산타 모자, 닭 부리 등.

작업 탁자

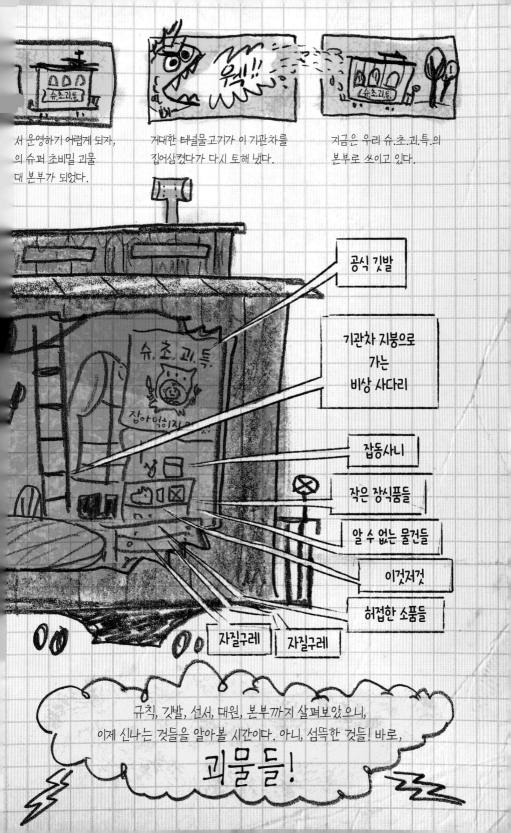

서 운영하기 어렵게 되자, 의 슈퍼 초비밀 괴물 대 본부가 되었다.

거대한 터널물고기가 이 기관차를 집어삼켰다가 다시 토해 냈다.

지금은 우리 슈.초.괴.특.의 본부로 쓰이고 있다.

공식 깃발

기관차 지붕으로 가는 비상 사다리

잡동사니

작은 장식품들

알 수 없는 물건들

이것저것

허접한 소품들

자질구레

자질구레

규칙, 깃발, 선서, 대원, 본부까지 살펴보았으니,
이제 신나는 것들을 알아볼 시간이다. 아니, 섬뜩한 것들! 바로,

괴물들!

포크호저

몸이 온통 뾰족한 포크로 뒤덮인
작은 금속 설치류.

서식지 포크호저들은 대개 포크에 녹이 슬지 않는
건조한 기후를 좋아한다. 하지만 녹슬 걱정이
없는 스테인리스 포크호저는 다르다. 이 포크호저는 강이나
호수 근처, 심지어 식기세척기 뒤에서도 볼 수 있다.

찰그랑!

포크호저는 자석에 붙지 않는다.

먹이 피클과 올리브를 주로 먹는다.
스테이크를 먹기도 하지만,
한입 크기로 작게 잘린 것만 먹는다.

행동 틈만 나면 벽돌 벽에
몸을 비빈다. 포크를
늘 날카롭게 유지하려는 행동이다.

경고! 절대 무슨 일이 있어도 포크호저를
쓰다듬지 말 것! 그 대신 스파게티나
국수가 담긴 그릇으로 꾀어내라. 포크호저는 면 안에서
이리저리 뒹굴기를 매우 좋아하기 때문에 결코 그냥 지나
치지 못할 것이다! 그사이 슬그머니 달아나면 된다.

**재미있는
사실** 포크호저와 숟가락호저는 먼 친척뻘이다.
하지만 숟가락호저의 퍼내기 공격은
포크호저의 찌르기 공격에 비하면
아무것도 아니다.

칼송곳니스컹크

무시무시하고 매섭고 강력한 이빨.
무시무시하고 끔찍하고 강력한 냄새.

서식지   어느 동네에나 있는 정육점

먹이   정육점 주인.

쓱쓱, 삭삭!

칼송곳니스컹크는 줄넘기로 치실질을 한다.

행동

칼송곳니스컹크는 줄무늬 색에 따라 다른 냄새를 풍긴다. 하지만 하나같이 지독하다.

줄무늬 색깔	냄새
흰색	타이어 타는 냄새
노란색	똥 범벅 기저귀 냄새
보라색	일주일 전에 만들어 맛이 간 새우 스무디 냄새
초록색	대머리수리 트림 냄새
주황색	프로 레슬링 선수 겨드랑이 냄새
빨간색	한 번도 청소 안 한 휴게소 화장실 냄새
무지개색	모든 색깔의 냄새를 한꺼번에 합친 냄새

땅벌비버

아주아주 말도 못하게 바쁜 괴물.

서식지 오래되고 속이 빈 통나무.

나무 넘어가요!

땅벌비버는 높이가 무려
30미터나 되는 댐을 만든다.

먹이

꿀이 발린 달콤하고
바삭한 나뭇가지.

행동

땅벌비버는 땅벌처럼 숲속을 붕붕
날아다니며 꽃향기를 맡고 나무들을
갉아서 쓰러뜨린다.

경고!

땅벌비버의 뾰족한 침을 피했
다고 안심하면 안 된다. 땅벌
비버는 침뿐만 아니라 뭉툭하고 넓적한 꼬리로도
공격할 수 있다!

터널물고기

땅속에서 '헤엄'을
칠 수 있는 괴물. 침을
엄청나게 많이 흘리고
다닌다. 이 침이 흙을
부드럽게 만들어 터널
을 쉽게 팔 수 있도록
해 준다.

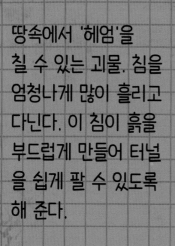

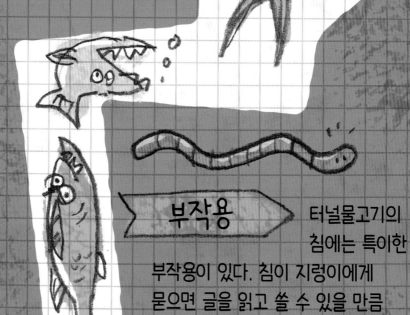

부작용

터널물고기의
침에는 특이한
부작용이 있다. 침이 지렁이에게
묻으면 글을 읽고 쓸 수 있을 만큼
똑똑해진다.

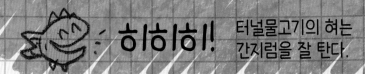 히히히! 터널물고기의 혀는
간지럼을 잘 탄다.

서식지

흙과 진흙에 산다.
시멘트에는
살지 않는다.

먹이

자기보다 작은 것이면
무엇이든 먹어 치운다.
터널물고기가 나타나면 지렁이들은
무조건 땅 위로 도망친다. 양껏 먹은
뒤에는 99년 동안 잠을 잔다.

경고!

터널물고기 침이 몸에 닿지 않도록 조심해야 한다. 구역질이
날 만큼 역겹기 때문이다!

오르골야크

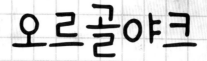

딩가딩가딩가 딩가딩가디…

뾰옹!! 으르르리!! 우걱우걱!!

서식지	물방울무늬 오르골.

| 먹이 | 신사, 숙녀, 어린이, 노인 가리지 않고 사람이라면 누구나 먹는다. |

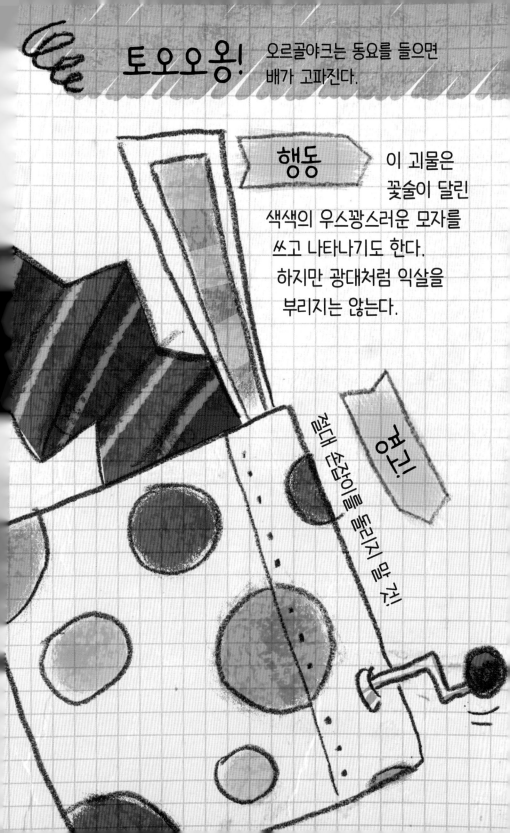

우웩소

준비…, 조준…, 우웩 토하기!

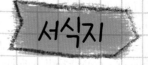
서식지

축제가 한창인 곳의 주차장, 농산물 박람회,
빙글빙글 도는 놀이기구 옆 상한 음식을
파는 가게들 근처.

우웨에엑!

우웩소는 우웩물총새의
먼 친척뻘이다.

먹이

달콤한 시나몬롤, 구운 볼로냐소시지,
포도 맛 탄산음료, 땅콩버터 캐러멜, 독일식
양배추 절임, 게살 튀김, 감자 샐러드, 솜사탕,
닭 날개 튀김, 레몬 맛 밀크셰이크, 생치즈,
핫도그, 양파 튀김, 팝콘, 조각 피자.

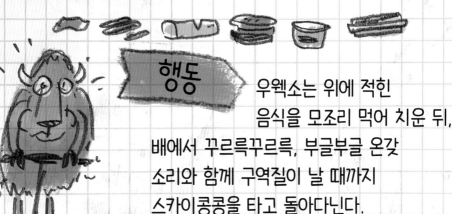

행동

우웩소는 위에 적힌
음식을 모조리 먹어 치운 뒤,
배에서 꾸르륵꾸르륵, 부글부글 온갖
소리와 함께 구역질이 날 때까지
스카이콩콩을 타고 돌아다닌다.

경고!

배에서 별의별 이상
한 소리가 들려오고
구역질을 하기 시작한 뒤에는 피할
방법이 없다. 비옷을 입고 우산으로
무장한 채 그저 행운을 빌 뿐.

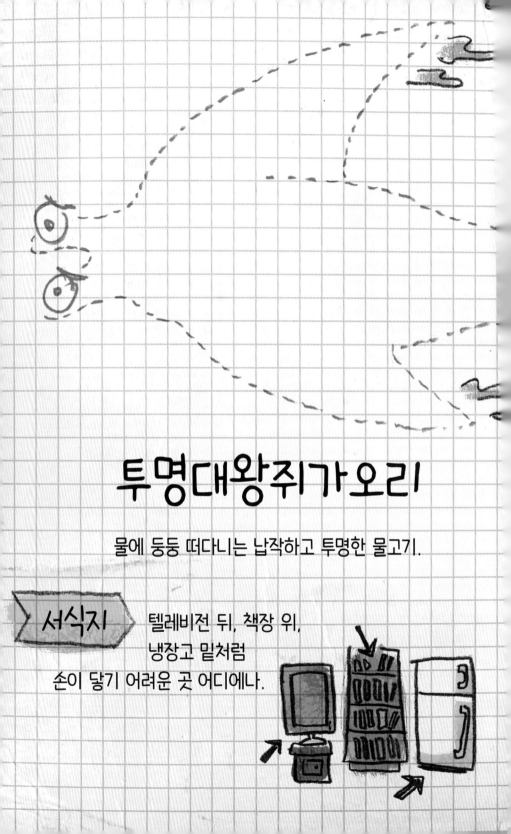

투명대왕쥐가오리

물에 둥둥 떠다니는 납작하고 투명한 물고기.

서식지 텔레비전 뒤, 책장 위,
냉장고 밑처럼
손이 닿기 어려운 곳 어디에나.

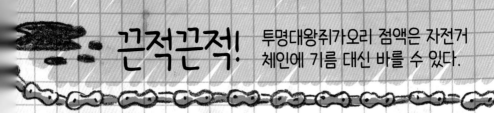

끈적끈적!

투명대왕쥐가오리 점액은 자전거 체인에 기름 대신 바를 수 있다.

먹이

둥둥 떠다니는
투명 컵케이크.

행동

투명대왕쥐가오리는 길고 가느다란
꼬리로 장난을 친다.

신발 한 짝을
끈으로 꽁꽁 묶기.

후추통 뚜껑
열어 놓기.

몰래
전등 끄기.

경고!

투명대왕쥐가오리가 지나간 곳에는
미끌미끌한 점액이 흥건히 남는다.
밟으면 미끄러질 수 있으니 주의!

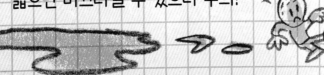

야호!
신나게
놀자!

땅다람쥐 날!

봄의 첫날을
축하하러 오세요.
장소: 햇살이 따스한
스터몬 더우드 공원
시간: 정오

세상에 단 하나뿐인 땅다람쥐
**스터몬 스텔라를
만나 보세요!**

 야외에서
즐기는 게임!

 거대한
프레첼!

 보통 크기의
프레첼!

 관악대의
멋진 연주!

보라버섯

괴물들이여, 어서 일어나라!

서식지

괴물들의 묘지.

고이 잠드소서

킁킁, 킁킁!

보라버섯은 박하사탕 냄새가 난다.

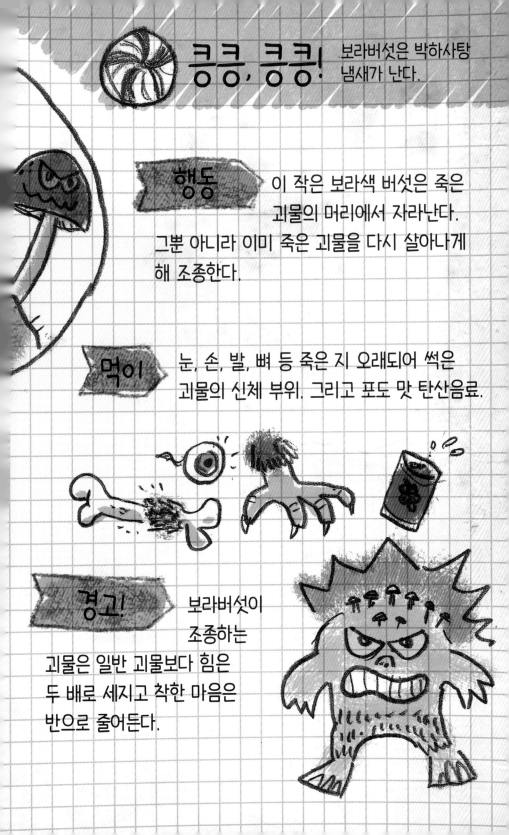

행동

이 작은 보라색 버섯은 죽은 괴물의 머리에서 자라난다. 그뿐 아니라 이미 죽은 괴물을 다시 살아나게 해 조종한다.

먹이

눈, 손, 발, 뼈 등 죽은 지 오래되어 썩은 괴물의 신체 부위. 그리고 포도 맛 탄산음료.

경고!

보라버섯이 조종하는 괴물은 일반 괴물보다 힘은 두 배로 세지고 착한 마음은 반으로 줄어든다.

서리염소

온몸이 서리로 뒤덮인 염소 괴물이자 약 올리기 천재.

서식지 식료품 가게의 냉동식품 구역.

메에메에 메에에!

서리염소의 수염은 뾰족한 고드름으로 만들어졌다.

행동 서리염소는 가게 안에 있는 카트를 들이받아 냉동 진열대를 부수는 것을 좋아한다.

먹이 와플, 콩, 어묵 꼬치, 냉동 만두, 얼린 브로콜리, 작은 캔에 든 농축 오렌지 주스 등 꽝꽝 언 것이면 무엇이든 먹는다.

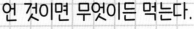

경고! 서리염소를 멈추려면 투우사가 망토를 흔들 듯이 막대 아이스크림을 흔들어서 내 쪽으로 달려오게 한다. 가까이 왔을 때 잽싸게 옆으로 휙 비켜서 선반을 들이받도록 해야 한다. 운이 좋다면 서리염소가 끈적끈적한 물엿 제품이 가득 쌓인 선반을 들이받아서 꼼짝 못하게 될 것이다.

지구에서 가장 안전한 놀이공원!

안전랜드에 오신

여러분을 환영합니다!

주차장

입구

헬멧
대여소

제1
의무실

제2
의무실

제3
의무실

폭신폭신
베개산

느릿느릿 회전목마

즐거운
꼬마 기차

여유 만만 성

쉬운 게임들
➤ 두더지 빗맞히기 게임
➤ 링 던지기만 하기
➤ 과녁이 무지 큰
　다트 게임

너무너무 고요한 강

거울의
집

재미보다
안전이
중요하다!

구석구석 환하고
무섭지 않은
귀신의 집

1미터 번지 점프

한 대만 있는 범퍼카

엘리베이터 안내 음악 감상실

단조로운 공간

안전한 먹거리
▶ 엄청 부드러운 프레첼
▶ 두 배로 폭신폭신한 솜사탕
▶ 미지근한 빙수

위험!
터널 출구
어린이 접근 금지

동물을 만질 수 있는 동물원

마시멜로 방방이

느릿느릿 차분차분 찻잔 놀이기구

자장자장 요람 바이킹

한 번만 들썩 롤러코스터
세상에서 가장 평평한 롤러코스터 코스!

주의! 다음 경고를 꼭 기억하세요.

경고! 이 지도의 네 모서리는 날카롭습니다. 이 경고문에 있는 아주아주 작은 글씨를 보려고 고개를 숙이다가 지도 모서리에 눈을 찔릴 수도 있으니 조심하세요.

양말문어

다리 여덟 개 문양이 제각각인,
실로 짠 괴물.

서식지

옷장 서랍, 빨래 바구니,
체육관용 가방 등
양말이 들어 있는 곳.

먹이

운동용 양말, 무릎까지
오는 긴 양말, 그러나
발 토시는 먹지 않는다.

으-읙!

씻지 않은 양말문어의 냄새는
스컹크보다 더 지독할 수 있다.

행동

양말 정리를
게을리하면
양말문어가 생겨날 수 있다.
양말이 한 짝만 보인다면
양말문어가 가까이에 숨어
있는 건 아닌지 의심해
보아야 한다.

경고!

양말문어를 막는
가장 좋은 방법은
맨발에 샌들을 신는 것이다.

녹불가사리

쇠붙이를 먹는 괴물.

서식지 조선소, 철광산, 중고차 시장, 제철소.

삐뽀!
삐뽀!

녹불가사리는 소방차를
뒤쫓아 가는 것을 좋아한다.

먹이

식기세척기, 불도저,
잔디 깎는 기계 등
금속으로 된 기계는 무엇이든 먹는다.

행동

녹불가사리는 습기를 잔뜩 머금은
숨결을 내뱉는다. 이 숨결에 닿은
쇠붙이는 곧바로 녹이 슨다.

쿵쿵!
계피향이군!

경고!

녹불가사리는 나무
알레르기가 있다.
녹불가사리를 피하려면 나무 위에 지은
집에 숨어라.

사랑꾼버섯

감상적인 사랑 노래를 부르는 어마어마하게 큰 버섯.

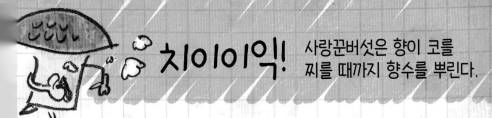

치이이익!

사랑꾼버섯은 향이 코를 찌를 때까지 향수를 뿌린다.

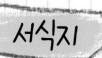

서식지

화려한 결혼식장이나 중학교 댄스파티장.

먹이

이 괴물은 사람의 눈을 애절하게 바라본다.
그때 눈이 마주친 사람에게 생기는 뇌파를 먹고 산다.

행동

사랑꾼버섯은 아래에 적힌 두 가지 일 가운데 하나가 일어날 때까지 계속, 계속 끔찍한 노래를 부른다.
(1) 네가 정신없이 사랑에 빠질 때까지
(2) 네가 정신없이 2층 창문에서
    떨어질 때까지

경고!

이 괴물은 네 이름으로 쓴 지나치게 감상적인 편지를 다른 사람의 가방에 슬쩍 넣어서 너를 곤란하게 할 수 있다.

엉엉오리

혹시 욕조 위에 둥실둥실 떠 있는 오리를 꾹꾹 눌렀다면
바로 꽁지 빠지게 달아날 것!

서식지   김이 풀풀 나는 뜨듯한 욕조.

먹이   온통 진흙투성이거나
때가 덕지덕지 낀
아이.

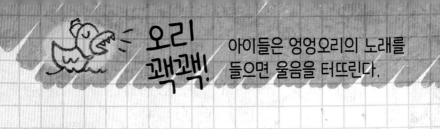

오리 꽥꽥!

아이들은 엉엉오리의 노래를 들으면 울음을 터뜨린다.

행동

엉엉오리는 평범한 욕조 장난감들 사이를 동동 떠다니면서 누군가가 꾹꾹 눌러 주기를 기다린다.

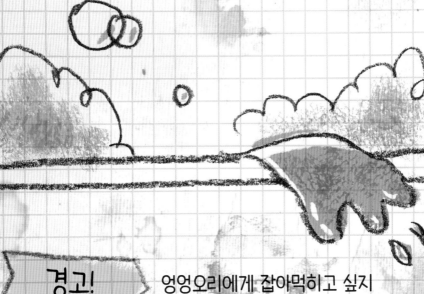

경고!

엉엉오리에게 잡아먹히고 싶지 않다면 절대로! 무슨 일이 있어도! 목욕할 때 엉엉오리를 꾹꾹 누르지 말 것.
생존 전략: 아무리 찝찝하고, 너무너무 더러워도 목욕하지 않기.

날름날름
보라돌이

팔 두 개, 다리 두 개, 혀 39개.

어디서나 흔히 볼 수 있는
아주 평범한 식탁 아래.

간장 공장 공장장은 강 공장장이고,
된장 공장 공장장은 장 공장장이다

이 녀석들은 혀가 꼬이는 문장을 싫어한다.

먹이

날름날름보라돌이는
사람 얼굴에 묻은
초콜릿과 막대 아이스크림
핥아 먹는 것을
좋아한다.

행동

침을 줄줄 흘린다.
군침을 질질 흘린다.
우표를 수집한다.

경고!

최소한 일주일에 한 번은 얼굴을
박박 문질러 씻어라. 안 그러면
혓바닥 39개가 당신의 얼굴을 핥으러 올 수도 있다!

파란가시경적꽃

아름다운 식물. 하지만 상상을 초월하는
끔찍한 소리를 냄.

서식지 ▷ 산속 등산로.

띠리리리리!

파란가시경적꽃은 클라리넷 연주곡을 좋아한다.

먹이 파란가시경적꽃이 내는 끔찍한 소리를 견디지 못해 사람들이 흘리는 눈물.

행동 파란가시경적꽃은 무언가가 자기를 건드리면 다짜고짜 뱃고동 비슷하면서도 귀에 훨씬 거슬리는 소리를 낸다.

경고! 파란가시경적꽃이 있는지 발밑을 잘 살필 것! 등산할 때는 파란가시경적꽃의 덩굴을 만질 수도 있으니 함부로 땅에 손대지 말 것.

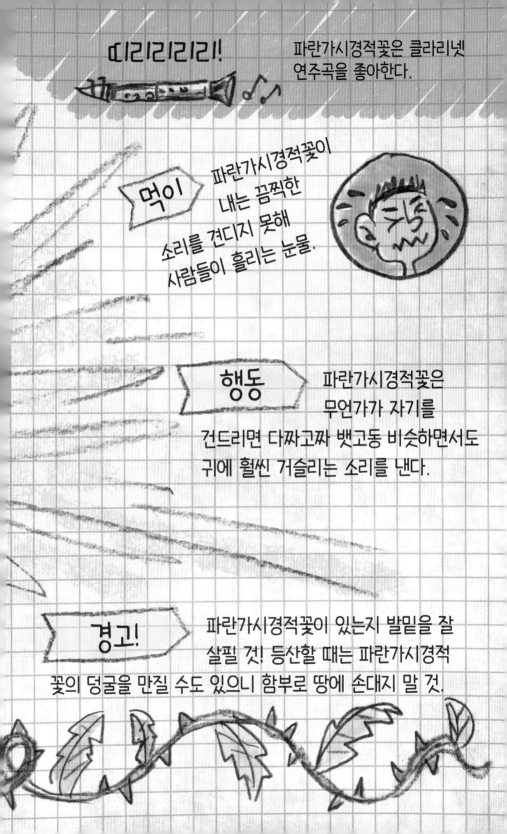

얼음생쥐

냉장고를 습격하는 괴물.

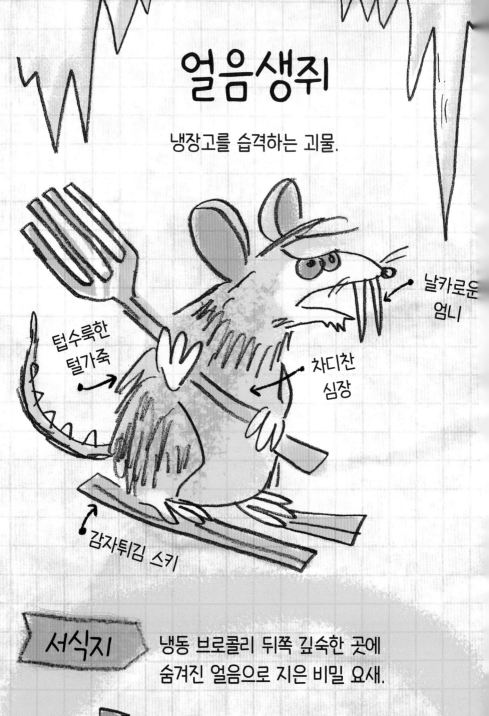

날카로운
엄니

털수룩한
털가죽

차디찬
심장

감자튀김 스키

서식지 냉동 브로콜리 뒤쪽 깊숙한 곳에
숨겨진 얼음으로 지은 비밀 요새.

이크!

얼음생쥐는 오븐 깊숙한 곳에 사는 용암고양이와 철천지원수 사이다.

먹이

냉장고 냉장실 중간 칸에서 훔친 치즈. 맨 위쪽 또는 아래쪽 선반은 무슨 일이 있어도 건드리지 않는다.

행동

얼음생쥐는 냉장고 안에 있는 조그만 등이 꺼지기를 기다렸다가 불이 꺼지자마자 잽싸게 내려가 체더치즈를 가져온다.

재미있는 사실!

얼음생쥐는 좀처럼 냉장고 밖으로 나오는 일이 없다. 하지만 근사한 파티장에 있는 치즈를 훔치려고 냉장고 밖으로 나오기도 한다. 그럴 때는 파티장에 장식해 놓은 거대한 얼음 백조 조각 안에 숨는다.

대왕지렁이

작은 파란색 지렁이. 언뜻 보면 인간에게
해를 입히지 않는 것처럼 보인다.

 서식지 대왕지렁이는 비 온 뒤
축축하게 젖은 땅이나
사람들이 다니는 길에서 볼 수 있다.

행동 대왕지렁이는 무리 지어 다니지 않는다.
늘 혼자 다닌다.

먹이 알 수 없음. 아이들을
잡아먹을 가능성도 있다.

아이코!

팡! 대왕지렁이에게서는 달콤한
캐러멜 팝콘 냄새가 난다.

경고! 대왕지렁이가 처음부터 커다란 것은
아니다. 비 오는 날에는 아주 작지만
햇빛을 받으면 무럭무럭 자라서 학교 버스보다도 더
커져 버린다. 그렇게 되지 않도록 대왕지렁이가
햇빛을 쬐지 못하게 해야 한다!

햇빛 쬐기 전   햇빛 쬔 뒤

약점 대왕지렁이는 날카롭고
거슬리는 아주 큰 소리를
들으면 몸이 쪼그라든다.

꼬챙이 괴물

깃대, 낚싯대,
스키 폴, 장대,
지팡이처럼 가늘고 긴
막대기 모양의 물건으로
위장하는 빼빼 마른 괴물.

서식지 천장이 높은 방.

먹이 기다란 밧줄 모양으로
배배 꼬인 소고기 육포나
꽈배기, 엿가락 등.

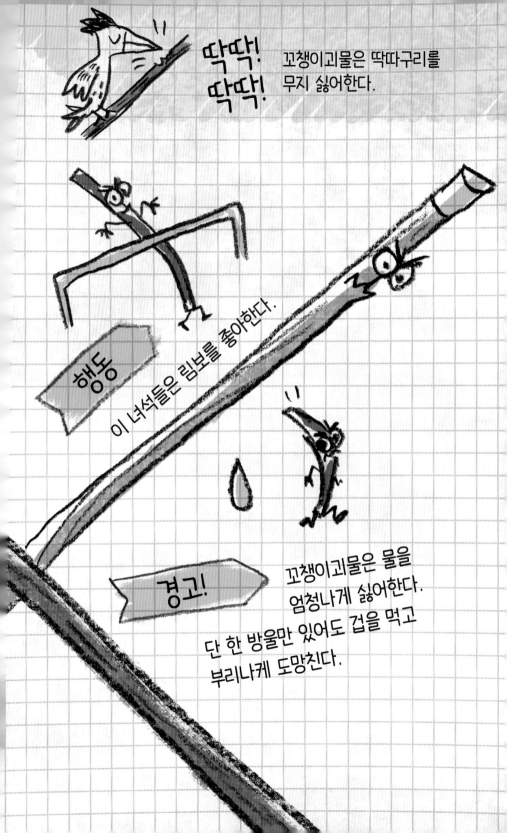

딱딱!
딱딱!

꼬챙이괴물은 딱따구리를
무지 싫어한다.

행동

이 녀석들은 림보를 좋아한다.

경고!

꼬챙이괴물은 물을
엄청나게 싫어한다.

단 한 방울만 있어도 겁을 먹고
부리나케 도망친다.

코알라왈라캥거웜뱃딩고
줄여서 코왈캥웜딩

코알라의 귀

딩고의 코

캥거루의 주머니

웜뱃의 발톱

왈라비의
꼬리

서식지

이 괴물은 호주를 대표하는 동물들을
몽땅 섞어 놓은 듯하다.
화장실 세면대 아래나 소파 쿠션 밑에서
발견된다. 한마디로 무언가의 밑이나
아래쪽이라면 어디서든지 찾을 수 있다.

싸아! 코왈캥웜딩이 근처에 있을 때 변기 물을 내리면 물이 시계 반대 방향으로 돌며 내려간다.

바나나, 크루아상, 길쭉한 호박 등 부메랑 모양으로 생긴 음식을 먹는다.

행동

코알라왈라캥거웜뱃딩고는 무언가를 덥석 껴안기를 좋아한다.

경고!

껴안기는 여러분을 방심시키려는 속임수다! 코알라왈라캥거웜뱃딩고와 닿는 순간 주머니에서 새끼가 튀어나와 코를 꽉 깨물어 버릴 것이다. 새끼한테 물린 사람은 자기도 모르게 말끝마다 호주와 관련된 단어를 붙이게 된다.

치즈뿜뿜이

꼭 치즈 덩어리처럼 생기고 머리가 셋 달린
이 ~~치즈는~~ 괴물은 우리가 아무리 잘게 썰어도
~~고소한~~ 고소당할 만한 짓을 한다.

먹이

크래커!

서식지

알려지지 않음.
하지만 휴가는
치즈로 유명한 미국 위스콘신
주에서 보내는 것 같다.

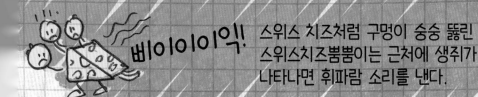

삐이이이익! 스위스 치즈처럼 구멍이 숭숭 뚫린 스위스치즈뿜뿜이는 근처에 생쥐가 나타나면 휘파람 소리를 낸다.

경고! 치즈뿜뿜이는 이름 그대로 녹은 치즈를 뿜어 댄다! 머리 셋이 동시에 뿜는 치즈 공격에 대비하라.

나초 치즈
(엄청 매움!)

코티지 치즈
(미끌미끌 주의!)

림버거 치즈
(고약한 냄새!)

좋은 소식!

치즈를 가는 엄청나게 큰 기구가 있다면 이 괴물을 완전히 잘게 조각낼 수 있을 것이다!

왕발햄스터

얼굴은 작고 깜찍하지만 왕발도 이런 왕발이 없다!

서식지 인도와 자전거 도로
사이에 있는
가늘고 좁은 풀밭에서 산다.

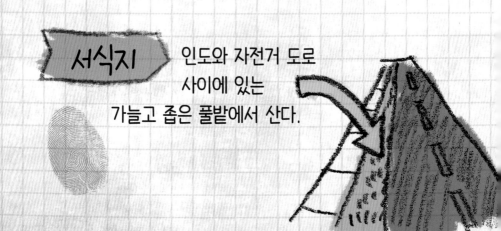

왕발이 쏘옥!

왕발햄스터의 신발 크기는 340밀리미터이다.

먹이

팬케이크, 토르티야, 얇게 썬 소시지, 도넛, 동그랑땡 등 납작하고 둥글면 무엇이든 먹는다.

행동

찌그러지거나 모나지 않은 원형에, 코끼리처럼 커다란 네 발로 물건들을 쿵쿵 밟아서 납작하게 만드는 걸 좋아한다.

경고!

왕발햄스터는 거위를 싫어한다. 왕발햄스터에게 납작하게 짓밟히지 않으려면 거위처럼 꽥꽥 울고 뒤뚱뒤뚱 걸어라.

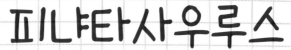

피냐타사우루스

(피냐타사우루스 렉스)

피냐타는 여러
가지 색깔의 종이나
천으로 만든 인형이다.
안에는 온갖 사탕과 과자,
캐러멜 등 먹을거리로 채워져
있다. 피냐타사우루스는 겉모습이
티라노사우루스와 비슷한 피냐타
이다.

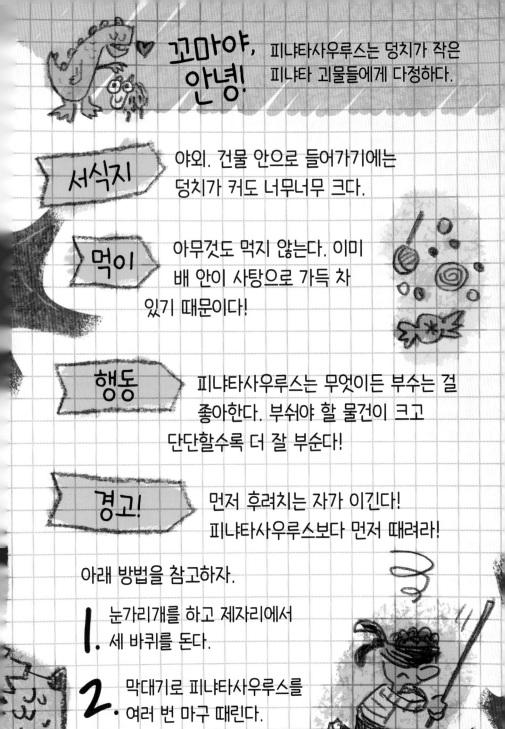

꼬마야, 안녕!

피냐타사우루스는 덩치가 작은 피냐타 괴물들에게 다정하다.

서식지
야외. 건물 안으로 들어가기에는 덩치가 커도 너무너무 크다.

먹이
아무것도 먹지 않는다. 이미 배 안이 사탕으로 가득 차 있기 때문이다!

행동
피냐타사우루스는 무엇이든 부수는 걸 좋아한다. 부숴야 할 물건이 크고 단단할수록 더 잘 부순다!

경고!
먼저 후려치는 자가 이긴다! 피냐타사우루스보다 먼저 때려라!

아래 방법을 참고하자.

1. 눈가리개를 하고 제자리에서 세 바퀴를 돈다.

2. 막대기로 피냐타사우루스를 여러 번 마구 때린다.

3. 피냐타사우루스가 부서진다.

(깜짝 비밀! 피냐타사우루스 안에는 달콤한 사탕이랑 과자가 한가득!)

내 사탕이랑 과자가 소중한가요?
그럼 바로 오늘, 강당에서
개미의 모든 것에 대해 알아보아요!

오늘은
개미의 날!

어디서?
우리 학교 강당

언제?
지금 당장!

모기콥터

머리가 둘이고 날개가 헬리콥터처럼
빙글빙글 도는 모기.

서식지

텐트

뒷마당
바비큐 그릴

수영할 수 있는
개울

모기콥터는 살충제 냄새를 아주 좋아한다.

치이이익!

먹이 인간의 피!

행동 이 흡혈 벌레는 텐트를 자르고 들어와 자고 있는 사람의 피를 빨아 먹는다.

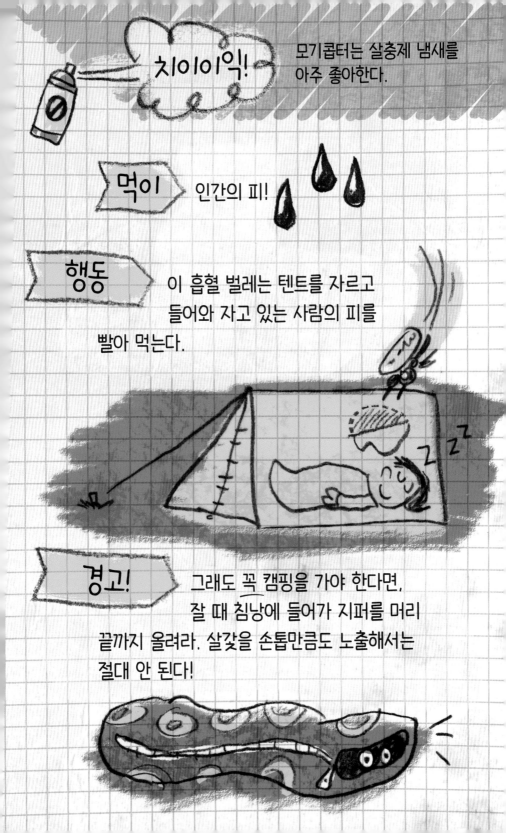

경고! 그래도 꼭 캠핑을 가야 한다면, 잘 때 침낭에 들어가 지퍼를 머리 끝까지 올려라. 살갗을 손톱만큼도 노출해서는 절대 안 된다!

빨래통조개

빨래통 속 먹벌자.

먹이

동전이나 초코바,
꼬깃꼬깃 구겨진
시험지를 찾으려고
빨래통 맨 아래에
있는 청바지 주머
니를 뒤질 정도로
용감한 아이들.

서식지

빨래통에서 가장 깊고도 깊숙하고
가장 어둡고도 어두운 곳.

찌이익!

빨래통조개는 양말 발가락 부분을
갈가리 찢는 걸 좋아한다.

가짜 진주를 집지 마라! 빨래통조개의 먹이가 되는 수가 있다!

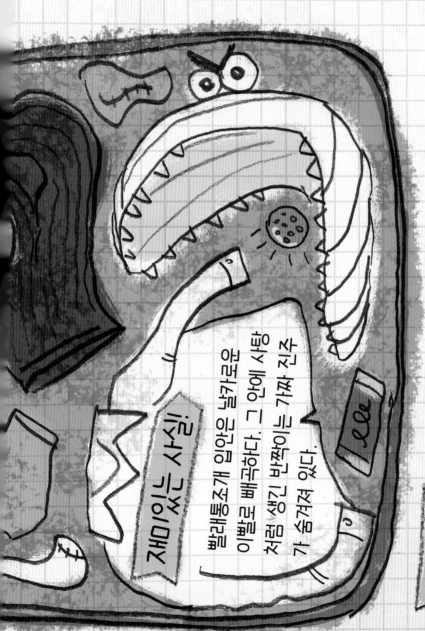

재미있는 사실!

빨래통조개 입안은 날카로운
이빨로 빼곡하다. 그 안에 사탕
처럼 생긴 반짝이는 가짜 진주
가 숨겨져 있다.

펑!

식인소파

사람 잡아먹기를 좋아하는 편안한 소파.

먹이 바로 너!

행동 식인소파는 누가 자기 위에 앉는 것을
싫어하지 않는다. 그 사람이 만화 영화에
푹 빠져 있다면 말이다.

발로
뻥! 뻥!

꼬마 식인소파는 조그마한 공처럼 생겨서 '사나운 얌체공'으로 불린다.

서식지 텔레비전 앞.

경고! 이 녀석들은 광고를 싫어한다!

광고가 나오면 곧바로 자기 위에 앉아 있던 사람을 우걱우걱 꿀꺽!

구린내원숭이

지독한 냄새를 풀풀 풍기는 냄새쟁이 말썽쟁이 괴물.

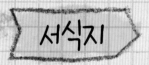

서식지
엉망으로 찌그러지고 낡아 빠진 오래된 차의 트렁크.

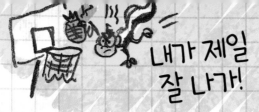

내가 제일 잘 나가!

구린내원숭이는 자기가 아주 멋지다고 생각한다.

먹이

한참 묵어서 갈색으로 변한 끈적거리는 바나나.

행동

구린내원숭이는 사람을 발견하면 나무를 타고 쪼르르 올라간다. 그런 다음 온통 끈적일 때까지 찐득찐득한 덩이들을 그 사람에게 마구 던진다.

경고!

구린내원숭이는 자두 주스를 마시면 순식간에 몸이 쪼그라든다. 자몽 주스가 아니라 자두 주스다. 꼭 기억하자.

세눈박이

세눈박이에 대해서는 알려진 바가 별로 없다.
하지만 온몸이 녹색을 띤다는 것만큼은 꽤 확실하다.

 찡그린 눈!

세눈박이는 멀리 있는 것이 잘 보이지 않는 근시다. 그래서 알이 세 개인 안경을 찾느라 애를 먹는다.

먹이 밝혀지지 않음. 어린이, 가구, 캐러멜에 찍어 먹는 냉동 에그롤 따위가 먹이일 거라는 추측만 있다.

서식지 버려진 건물에 살 가능성이 가장 크다.

크기 네가 생각하는 것보다 15센티미터 더 크다.

경고! 음…. 잡아먹히지 않도록 조심하라. 썩은 양배추를 뒤집어써서 아주 맛이 없어 보이도록 위장하는 게 도움이 될 수도 있다. 아, 잠깐. 세눈박이라면 썩은 양배추도 좋아할지 모른다. 그냥 조심조심 돌아다니는 수밖에 없다. 조심조심, 무슨 뜻인지 알겠지?

쓰레기북숭이

걸어 다니는 쓰레기 더미.

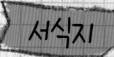 쓰레기 수거하는 날의
도로 주변.

어흑흑! 쓰레기북숭이를 안고 싶어 하는
사람은 한 명도 없다.

먹이 알맹이는 쏙 빼 먹고 남은 바나나 껍질,
썩은 달걀, 곰팡이 핀 빵.

행동 쓰레기북숭이에게서는
몇 달째 빨지 않은 운동
용 양말에 햄샐러드를 가득 채운 냄새가
난다. 한마디로 엄청 지독하다는 말이다.

경고! 쓰레기북숭이는 냄새가
고약하기로는 단연코
으뜸인 괴물이다! 쓰레기북숭이의 손길에
스치기라도 하면 적어도 세 번은 목욕을
해야 겨우 악취에서 벗어날 수 있다.

고층건물잡이달팽이

50층 건물만큼 덩치가 크고, 껍데기에
뾰족한 못이 박힌 달팽이.

서식지

49층 높이의
건물.

먹이

벽돌, 유리, 철
등등 건물 재료.

느림뱅이! 고층건물잡이달팽이는
어디를 가든 늘 꼴찌다.

꼴찌!

행동 고층건물잡이달팽이는 뾰족뾰족한
껍데기로 높은 건물을 갈아서 허문다.
그런 다음 건물이 무너지면서 떨어진 것들을
닥치는 대로 먹어 치운다.

경고!

고층건물잡이달팽이가 세상에서
무서워하는 것은 딱 하나,
바로 프랑스 요리사뿐이다.
이 괴물로부터 안전하려면 손에
주걱 혹은 국자를 들고 다니면서
수시로 프랑스 인사말인
'봉주르(Bonjour)'를 외쳐라.

특급 비밀 작전,

작전명 '무대 뒤'

5 단계 괴물 대 괴물의 싸움!

크르릉!!

6 단계 우리가 이긴다!

퍼억!

7 단계 우리의 몬스터 도감을 되찾는다.

슈초괴독

4 단계

밴더팬츠 교장 선생님은 자신을 지키기 위해 진짜 정체를 드러낼 수밖에 없을 것이다.

? ?

팔이 여섯 개일까? 아님 무엇이든 녹이는 산성 액체를 내뿜을까?

← 변장용 의상

스터몬 = 괴물 없는 안전한 곳!

끔벅끔벅이

평범한 눈알처럼 생겼지만, 엄청 거대하고 공중을 둥둥 떠다님!

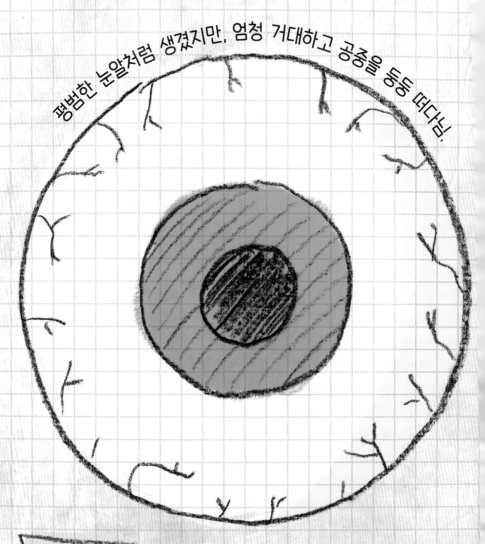

서식지

보석 가게, 세차장, 깨끗한 화장실 등
번들번들하고 윤이 나는 것이 많은 곳이면
어디에서든 볼 수 있다.

뚫어져라!

끔벅끔벅이는 눈싸움에서 결코 진 적이 없다.

먹이 〉 빛과 색을 먹고 산다.

행동 〉 끔벅끔벅이는 재미가 있건 없건
텔레비전 프로그램을 좋아한다.
그중에서도 가장 즐겨 보는 건 퀴즈 프로그램!

경고! 〉 절대로 끔벅끔벅이와 눈을
마주치지 마라! 끔벅끔벅이와
눈을 마주치면 최면에 걸린다. 이 최면에 걸리면
이미 40번이나 본 따분한 영화에서 눈길을
떼지 못하게 된다.

놀이터사마귀

어마어마하게 거대한 초록색 벌레 괴물.
얼마나 크냐고? 기린에서 목을 뺀 만큼.

서식지 학교나 공원 등 놀이터가 있는 곳이라면
어디든지 살고 있다.

훌쩍훌쩍!

놀이터사마귀는 비 오는 날이면 울적해진다.

보통 크기의 벌레를 잡아먹고 벌레 껍질은 뱉어 낸다.

이 거대한 초록색 벌레 괴물은 놀이터에서 노는 것을 매우 매우 좋아한다. 하지만 너무 마구잡이로 놀아서 기구를 망가뜨리기 일쑤이다. 찌그러진 미끄럼틀이나 한쪽 줄이 다른 쪽 줄보다 짧은 그네가 보인다면, 가까운 곳에 놀이터사마귀가 있을 가능성이 높다.

놀이터사마귀를 피하는 방법은 단 하나! 쉬는 시간에 놀지 않고, 벽에 기대 앉은 채로 조용히 숨죽이고 있는 것이다.

야옹펀치장갑

귀엽게 생겼지만 아주 매서운 펀치를 감추고 있다.

서식지   장갑 보관함.

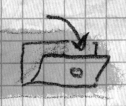

먹이   리넨, 보푸라기, 털 방울.

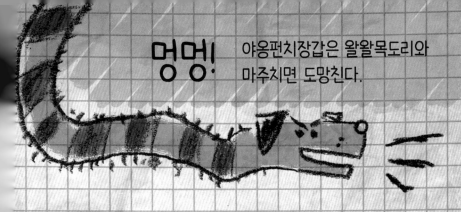

멍멍!

야옹펀치장갑은 왈왈목도리와
마주치면 도망친다.

행동

이 장갑은 따뜻하고 보드랍지만 손에
끼는 순간 바로 권투 글러브로 변한다.
그리고 장갑을 낀 사람에게 번개처럼 퍽! 매서운 주먹
맛을 보여 준다! 자기 손으로 자기를 때리게 되는
강력한 원투 펀치!

경고!

야옹펀치장갑은 언제나
두 짝이 함께 일한다.
둘을 떼어 놓는 순간 힘을 잃는다.

수영장상어

상어야, 상어야, 뭐하니? 잠잔다.
죽었니, 살았니? 살았다! 우적우적!

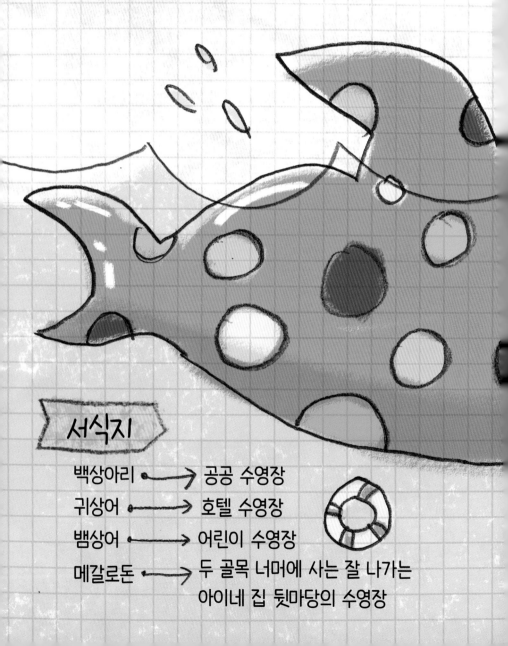

서식지

백상아리 •──→ 공공 수영장
귀상어 •──→ 호텔 수영장
뱀상어 •──→ 어린이 수영장
메갈로돈 •──→ 두 골목 너머에 사는 잘 나가는
　　　　　　　아이네 집 뒷마당의 수영장

첨버덩!

수영장상어는 배부터 물에 떨어지는 다이빙을 싫어한다.

행동

이 괴물은 반짝반짝 빛나고 알록달록한 모습으로 수영장 깊은 쪽 끝에 가만히 떠 있다. 그래서 사람들이 물놀이용품으로 착각하기 일쑤이다.

먹이

수영하는 사람들을 잡아먹는다. 고글은 먹지 않고 뱉어 낸다.

경고!

수영장상어는 사람을 잡아 먹기 전에 늘 영화 〈죠스〉의 주제곡을 흥얼거린다. 딴에 는 참으려고 애쓰지만 결국 참지 못한다.

두둔, 두둔, 두둔,
두둔, 두둔, 두둔,
두둔두둔두둔두둔!

개구리잡이

개구리잡이는 입에서 개굴 소리가 날 때까지 개구리를 잡아먹는다.

서식지

늪, 연못, 생태 공원
습지 산책로.

할짝할짝!

개구리잡이 혀가 몸에 닿으면 물사마귀가 올록볼록 생긴다.

먹이

개구리, 오로지 개구리. 두꺼비는 입에도 안 댄다. 두꺼비를 먹는 괴물은 두꺼비잡이다.

행동

이 괴물은 점심밥이 될 개구리가 폴짝폴짝 뛰어오기를 기다리면서 개구리를 꾀어 낼 파리 소리를 낸다.

경고!

개구리잡이 위에 앉지 말 것! 특히 초록색 바지를 입었을 때는 절대 금지!

잼파이어

영원히 죽지 않는 끔찍한 괴물.

똑똑하고 용감한 소녀.

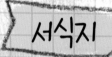

서식지   으스스한 묘지.

평범한
초등학교!

까꿍!

잼파이어에게는
그림자가 없다.

먹이

새빨간 피? **웹! 아니야!**

케첩, 과일주스, 산딸기 잼,
잼이 든 도넛, 딸기 젤리 등
빨갛고 즙이 많다면
무엇이든 먹는다.

행동

잼파이어는 사악하다. **친근하다.**

또한 깜깜한 곳에서도
앞을 볼 수 있다.

경고!

잼파이어는 햇빛을
직통으로 받으면
안 된다!

눈좀비

눈사람 + 좀비.

서식지   깊고 깊은 숲.

먹이   눈송이?

어?!

눈좀비가 공격하기 전에 '째앵' 하는 이상한 소리가 나는 것 같다.

행동

이 생명체는 어슬렁 어슬렁 돌아다닌다. 그런데 움직이면서 코, 팔 같은 것들이 하나씩 떨어져 나간다. 또한 움직이다가 누군가와 마주치면 눈 뭉치를 던져 댄다.

경고!

눈좀비의 공격을 멈추려면 머리를 때려 몸에서 떨어뜨려야 한다.

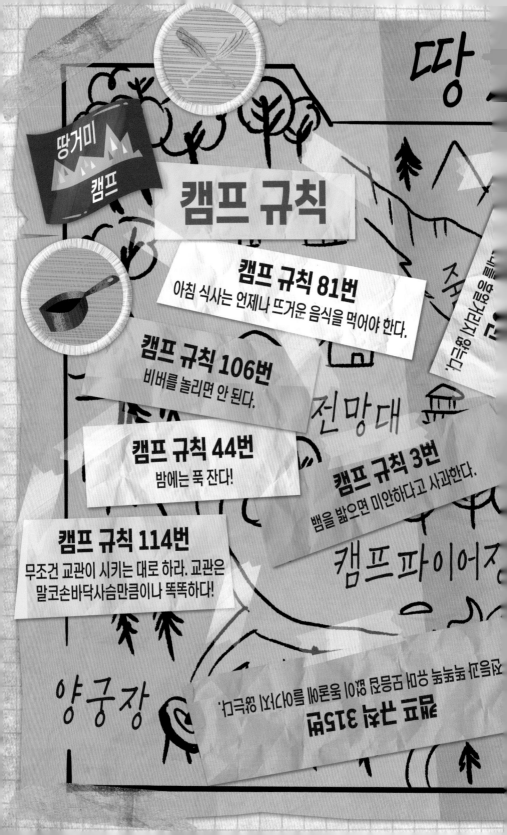

캠프 규칙

땅거미 캠프

땅

캠프 규칙 81번
아침 식사는 언제나 뜨거운 음식을 먹어야 한다.

캠프 규칙 106번
비버를 놀리면 안 된다.

캠프 규칙 44번
밤에는 푹 잔다!

캠프 규칙 3번
뱀을 밟으면 미안하다고 사과한다.

전망대

캠프 규칙 114번
무조건 교관이 시키는 대로 하라. 교관은
말코손바닥사슴만큼이나 똑똑하다!

캠프파이어

양궁장

캠프 규칙 315번
꿀꿀거리는 늪늪한 냄새 맡으면 진흙탕에 뒹굴어 다시는 안 씻긴다.

돌악어

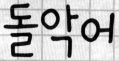

돌로 만들어진 파충류.

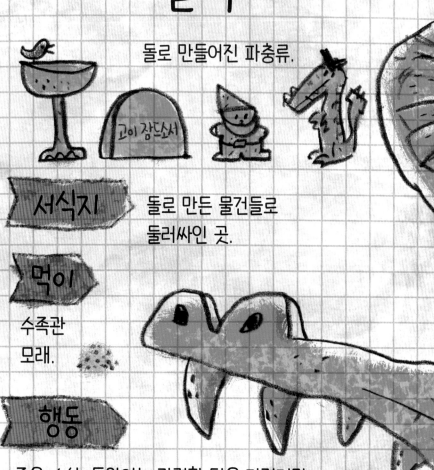

서식지

돌로 만든 물건들로
둘러싸인 곳.

먹이

수족관
모래.

행동

좋은 소식: 돌악어는 강력한 턱을 가졌지만,
그 턱으로 여러분을 잡아먹지는 않을 것이다.
나쁜 소식: 대신에 턱으로 여러분을 자갈만
하게 갈아 버릴 것이다. 그냥 심심풀이로.

콰앙!

돌악어의 커다란 망치처럼 생긴 꼬리는 바위도 깨부술 수 있다.

미있는 사실!

돌악어는 영어로 로커다일인데, 로커처럼 전기 기타를 좋아하기 때문에 붙여진 이름이다.

경고!

돌악어를 쓰러뜨리려면 건물을 철거하는 거대한 쇠공 같은 중장비가 필요하다.

가위파리

머리는 가위, 날개는 종이로 된 괴물.

  재활용품 수거함.

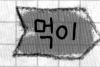 종이 쿠폰, 종이 인형,
집에서 만든 카드.

 갓 태어난
가위파리는
안전 가위처럼 생겼다.

끔찍하고,
거대하고, 독이 있고,
날아다니고, 으르렁거리고,
불을 뿜고, 우걱우걱 먹어 치우고
악몽을 꾸게 하는

하수구민달팽이

이름이 잘못 지어져서 슬픈 작은 괴물.

 # 훌쩍훌쩍!

털이 복슬복슬하고 멍멍 짖는 이 생명체가 바라는 단 한 가지, 사랑받기!

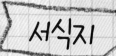 **서식지**
따스하고 햇살이 환한 꽃밭.

 먹이
하트 모양 마시멜로를 넣은 따뜻하고 달콤한 코코아.

행동
이 괴물은 강아지와 새끼 토끼, 새끼 고양이를 합친 것처럼 행동한다. 뛰놀기, 파고들기, 가르랑거리기를 좋아한다.

슬픈 사실!

이 괴물의 이름은 서류 작업을 하다가 생긴 실수로 잘못 지어졌다. 그 결과 사람들은 기를 쓰고 이 생명체를 피한다. 정말 안타까운 일이다. 이 생명체가 작고 귀여운 코로 한 번 비비기만 하면, 더 이상 아프지 않고 수학 시험에서도 계속 만점을 맞을 수 있는데 말이다.

머리깎마귀

시력이 안 좋고 머리 깎는 기술은 더더욱
안 좋은 깃털이 텁수룩한 새.

다듬기용 부리

고르기용 꼬리

가위 발

재미있는 사실!
머리깎마귀는 반쯤대머리수리와
닭벼슬머리매의 먼 친척이다.

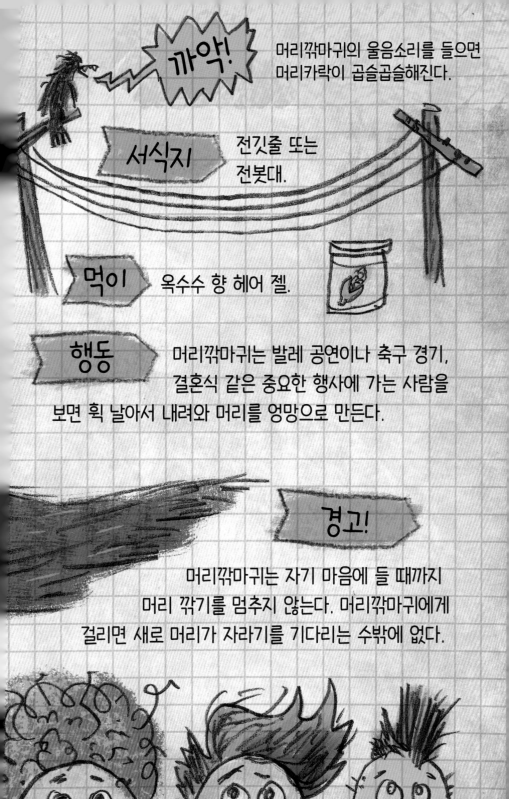

까악!

머리깎마귀의 울음소리를 들으면 머리카락이 곱슬곱슬해진다.

서식지
전깃줄 또는 전봇대.

먹이
옥수수 향 헤어 젤.

행동
머리깎마귀는 발레 공연이나 축구 경기, 결혼식 같은 중요한 행사에 가는 사람을 보면 휙 날아서 내려와 머리를 엉망으로 만든다.

경고!

머리깎마귀는 자기 마음에 들 때까지 머리 깎기를 멈추지 않는다. 머리깎마귀에게 걸리면 새로 머리가 자라기를 기다리는 수밖에 없다.

젤리허깨비

유령처럼 보이지만 유령은 아니다.
세상에 괴물은 있을지언정 유령은 없으니까.

해골
바가지

번뜩이는
빨간 눈

누더기
같은 몸통

서식지 　깜깜한 동굴.

덜커덩덜커덩!

젤리허깨비는 덜커덩 거리는 오래된 기차가 달리는 소리를 낸다.

먹이

젤리로 변한 어린이 뇌를 크래커에 얹어서 먹는다.

행동

젤리허깨비에 닿으면 무엇이든 젤리로 변한다!

경고!

이 괴물은 뇌를 먹기 위해서라면 물불을 가리지 않는다! 하지만 젤리허깨비를 막을 방법은 있다! 젤리허깨비 주위에 동그랗게 원을 그리면 서서히 사라질 것이다.

끄악거머리

몸통이 기다랗고 눈이 세 개인 보라색 거머리.

서식지

옷장 속에서 찾을 수 있다.
하지만 허리띠나 넥타이
사이에 섞여 들어가 있어서
잘 보이지 않는다.

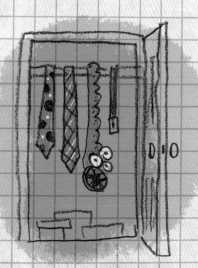

뿌뿌뿌
끄아악!

끄악거머리의 울음소리는
마치 오리가 망가진 카주를
부는 소리처럼 들린다.

먹이
사람을 포함한 동물의 피.
무늬다람쥐에 바비큐 소스
발라 먹는 건 특식.

행동
배고프면 비명을 내지른
뒤 피를 빨아 먹는다.

경고!
옷장 근처에 있을 때는 절대로
무늬다람쥐처럼 보일 만한 행동을
해서는 안 된다!

우편물잡이

특별할 것 하나 없는 흔해 빠진 우체통처럼 생겼지만
식성만큼은 1등급이라 1등급 우편물만 먹는 괴물.

서식지 학교 가는 길목 모퉁이에 있는
우체국 바로 앞.

우편물잡이는 연애편지를
먹으면 트림을 한다.

먹이

광고 우편을 간식으로 먹는다.
가장 좋아하는 간식은 할아버지,
할머니가 보내는 생일 축하 카드. 특히
카드 사이에 돈이 끼워져 있다면 그야말로
최고!

행동

우편물잡이는 길모퉁이에
서서 사람들이 다가와 먹이
주기만을 기다린다!

경고!

이 괴물을 무찌르려면, 강력한
자석을 친구에게 우편으로
보내라. 우편물잡이가 너의 우편물을 집어삼키는
순간 속에 든 자석이 우편물잡이의 나사를
뽑아 버릴 것이다.

재미있는 사실!

우편함주먹이라는 괴물은
우편물잡이의 사촌뻘쯤 된다.

불꽃사슴

숲속에 사는 온순한 괴물. 단 불을 내뿜는다.

먹이 불에 탄 마시멜로, 그을린 팝콘,
숯덩이 같은 새까만 토스트.

털실쌍둥이

머리통은 실타래, 몸통은 촌스러운 스웨터,
손발톱은 뜨개질바늘인 괴물.

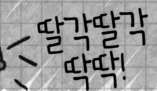
딸각딸각 딱딱!

털실쌍둥이는 공격하기 직전에 뜨개질바늘 발톱으로 바닥을 딱딱 두드린다.

먹이

폭신한 양!
양을 통째로 먹는 건 아니고 북슬북슬 양털만 뜯어 먹는다.

서식지

털실 가게와 스웨터 할인 매장.

행동

털실쌍둥이는 뜨개질바늘 손발톱으로 상대를 찌른다. 그다음 촌스러운 스웨터 무늬로 최면을 걸고 뜨개질로 감싼 뒤 깃대 위에 내건다.

경고!

풀린 털실 가닥이 보이면 확 잡아당겨라. 운이 좋으면 털실쌍둥이의 털실을 모두 풀 수 있다. 털실쌍둥이가 아니라면 풀린 털실로 새끼 고양이용 장난감을 만들면 된다.

코뿔공룡

커다란 뿔에 갑옷처럼 딱딱한 피부로 둘러싸이고
백조처럼 생긴 거대한 날개를 가진 야수.

서식지

도자기 가계, 시계
박물관, 바이올린
공장 등 부술 수 있는
물건이 있는 곳이면 어디든.

간질 근질!

코뿔공룡 깃털은 적을 간지럼 태우기에 딱 알맞다.

먹이 잎이 많은 식물과 막대 핫도그.

행동 평소에는 구름 속에서 평화롭게 지내는 걸 좋아한다. 그러다 아래쪽에 부술 만한 물건이 보이면 곧바로 목표물을 향해 빠르게 돌진한다!

경고! 침착함을 잃지 말 것!

코뿔공룡은 두려움을 감지할 수 있다. 그러니 무슨 일이 있어도 당황하지 말 것! 코뿔공룡은 사람을 해치지 않는다. 하지만 방심은 금물! 어항, 모래성, 곰돌이 인형, 엄마 사진이 든 유리 액자 등 우리가 소중히 여기는 물건은 무엇이든 망설이지 않고 박살 낸다.

웩니콘

일반적인 조랑말에 비해 귀여움이 모자란 조랑말.

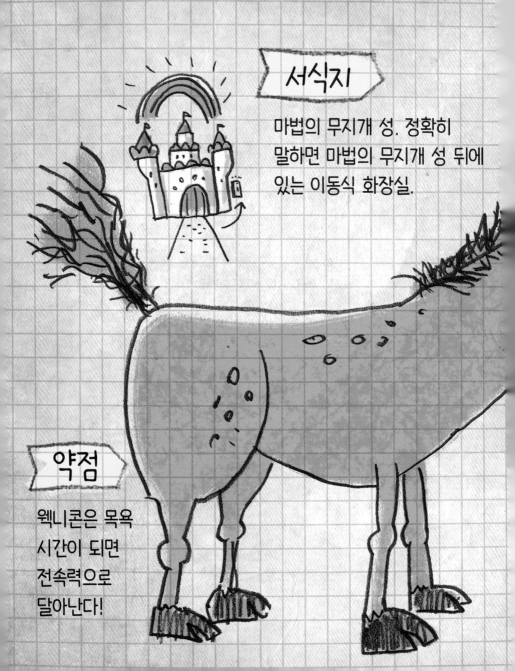

서식지

마법의 무지개 성. 정확히 말하면 마법의 무지개 성 뒤에 있는 이동식 화장실.

약점

웩니콘은 목욕 시간이 되면 전속력으로 달아난다!

풍선괴물

공기로 빵빵하게 채워진 키가 크고 흐느적거리는
괴물. 끊임없이 흐느적흐느적 움직이지만
사람들은 대부분 이 괴물에게 눈길 한번
제대로 주지 않고 그냥 지나쳐 버린다

서식지

풍선괴물은 중고차 전시장, 새로 연
가게, 식당, 공사장 등 다양한 곳에서
춤을 춘다. 커다란 풍선 성을 지어 함께
모여 살기도 한다.

크기 비교

어린이   풍선괴물

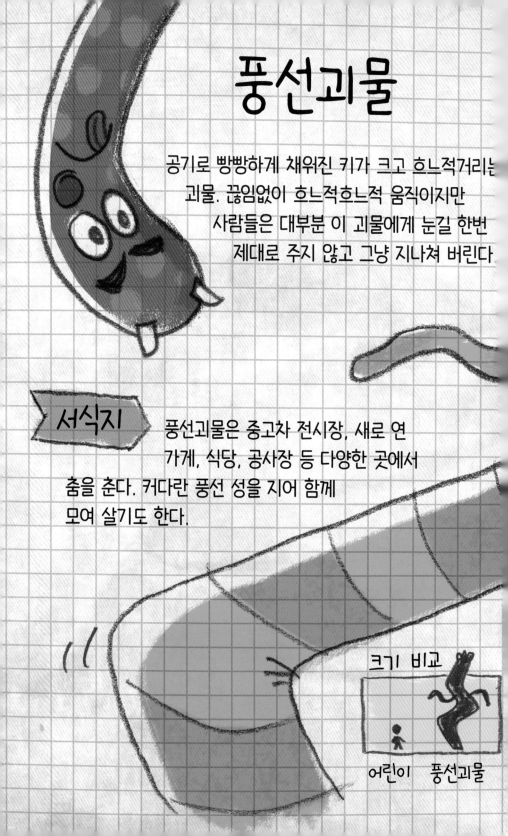

쉿. 풍선괴물들은 소리를 전혀 내지 않는다.

먹이

풍선괴물은 자동차 바퀴, 피구공, 럭비공, 방귀 쿠션, 공기로 채워진 매트리스 같은 물건에서 공기를 훔쳐 들이마신다.

행동

수많은 풍선괴물들이 한데 얽혀 몸을 꼬으면 거대한 풍선 뱀 괴물로 변신할 수도 있다!

경고!

근처에 풍선괴물이 있는 것 같다면 뾰족한 핀을 가지고 다녀라. 뾰족한 대책이 되어 줄 것이다! 단, 괴물인지 아닌지 잘 구분해야 한다!

물고기꼬치

코에 기다랗고 특이한 검이 달려 있고
온몸이 비늘로 뒤덮인 괴물.

조용히!

물고기꼬치는 명령 내리기를, 특히 터널물고기들에게 명령 내리기를 좋아한다.

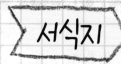

서식지

아마도 병원 세탁실?

먹이

입냄새로 미루어 짐작하자면 아마도 참치샐러드를 먹는 듯하다.

행동

물고기꼬치는 훌륭한 칼 싸움꾼 펜싱 선수이다. 물고기꼬치의 코는 검인데, 분리가 가능하다. 필요할 때면 이 검으로 된 코를 떼어 내어 보통 사람인 척 위장한다.

경고!

적어도 펜싱 수업을 한 번 이상 듣지 않았다면 절대 물고기꼬치에 맞서 싸우지 마라!

<u>으스스그림자</u>

모양을 바꿀 수 있는 그림자. 으스스그림자는 빛을 싫어해서
기회만 된다면 언제든지 최대한 빛을 막으려 한다.
그래서 다음과 같은 것들에 피해를 입힌다.

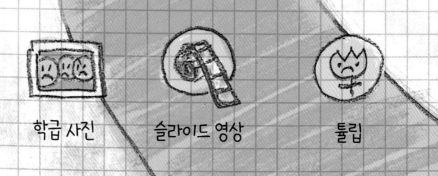

학급 사진　　　　슬라이드 영상　　　　튤립

덜덜덜! 으스스그림자들은 공기를 써늘하게 만든다.

서식지 우리 바로 뒤에.

먹이 사람한테 '들러붙어' 서서히 그림자를 잡아먹는다.

행동 으스스그림자들은 그림자에서 그림자로 건너뛰며 이동한다.

경고! 으스스그림자 하나하나는 조용하다. 하지만 뭉치면 엄청 큰 소리로 고함을 내지른다!

으르릉!

육식채소

아삭아삭하고, 이파리가 신선하고
무성하다. 식감은 물론
몸에도 좋고 맛도 좋은 채소 괴물.

서식지 기이하게 생긴
새 온실.

먹이 부드럽고 말랑말랑한
유치원생과
초등학생.

채소라고 치자.

옥수수와 토마토는 엄밀히 말하면 채소가 아니지만 여기에서는 그냥 채소로 분류했다.

행동

육식채소들은 학교에서 일하는 사람으로 위장해서 숨어든다. 그 뒤 여러분을 차갑고 부드럽게 만든다. 그다음에는 여러분이 포동포동해지도록 살을 찌우고, 먹기 좋게 으깬 뒤

우걱우걱 먹어 치운다!

경고!

육식채소와 소고기가 있다고? 특별한 요리로 위기를 벗어나자!

✳ 다양한 육식채소 10여 개를 준비한다.

✳ 먹기 좋도록 잘게 조각낸다.

✳ 냄비에 소고기와 함께 넣고 20분 동안 끓인다.

✳ 냠냠! 맛있게 먹는다!

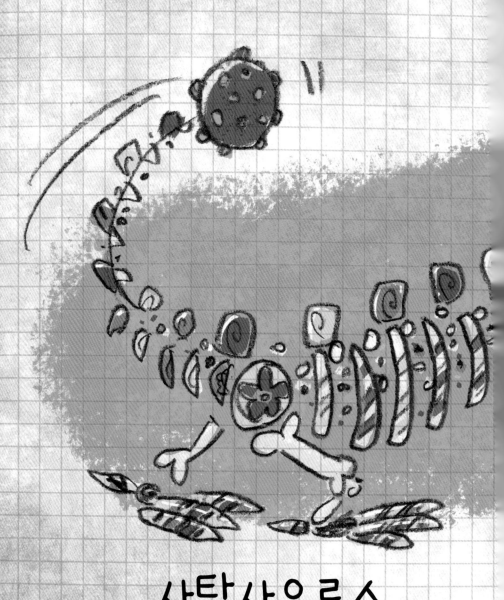

사탕사우루스

뼈가 사탕으로 만들어진 거대한 해골 공룡.

서식지   피냐타사우루스의 몸속!

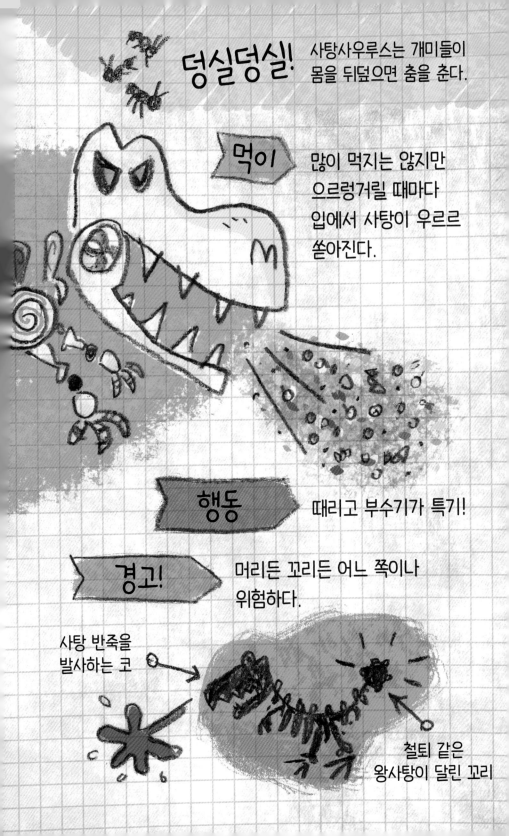

덩실덩실!

사탕사우루스는 개미들이 몸을 뒤덮으면 춤을 춘다.

먹이

많이 먹지는 않지만 으르렁거릴 때마다 입에서 사탕이 우르르 쏟아진다.

행동

때리고 부수기가 특기!

경고!

머리든 꼬리든 어느 쪽이나 위험하다.

사탕 반죽을 발사하는 코

철퇴 같은 왕사탕이 달린 꼬리

뽁뽁이전사

부스럭거리며 걷고, 몸을 배배 꼬고, 거침없이 싸우고,
매서운 왕주먹을 날리는, 뽁뽁이로 만들어진 괴물.

서식지 상자 속, 이삿짐센터 트럭, 짐 싣는 곳.

뽁, 뽁, 빵!

뽁뽁이전사의 천적은 포크호저!
포크호저가 뽁뽁이전사를 상대하면
백전백승!

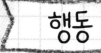

행동

뽁뽁이전사는 훔치기를 좋아한다.
특히 귀중하고 소중한 보물을!

재미있는 사실!

이 괴물은 영리하다. 금속 잡동사니를
이용해 레이저 감시기를 무력화
시키는 기계를 만들 수 있다.

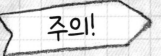

주의!

뽁뽁이전사는 몸을 비비 꼬거나 펼쳐서
여러 모습으로 변할 수 있다.

 미라

 회오리바람

 문어

 기어다니는 손

경고!

만약 뽁뽁이를 발견한다면
공기 주머니를 하나도 남김없이
터뜨릴 것! 혹시 뽁뽁이전사일 수도 있으니까!

얼음콰직이

열 좀 식히고 진정해야 하는
거대한 얼음 머리통.

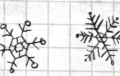

서식지

땅거미산맥.

먹이

눈좀비 군단이 아이를 얼려
만든 수제 '얼음 아이'.

째앵! 얼음과직이가 두 주먹을 부딪치면 눈좀비가 만들어진다.

행동

차가운 심장을 가진 이 괴물은 가장 더운 날에도 눈보라를 일으킬 수 있다.

경고!

얼음과직이는 불에 녹지 않는다. 하지만 소금 1만 꼬집을 뿌리면 직방이다!

천둥날벌레

전기에 굶주린 거대한 곤충.
찌릿찌릿 전기를 발사한다.

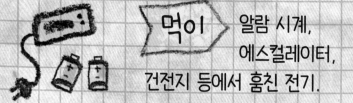

| 서식지 | 송전탑이나 발전기처럼 전기가 풍부한 곳 근처에 있는 고치. |

먹이 알람 시계,
에스컬레이터,
건전지 등에서 훔친 전기.

 치지직!

천둥날벌레를 다룰 때는
감전되지 않도록 반드시
고무 옷을 입어야 한다!

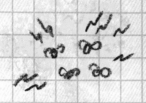

치지직날벌레가
전기를 훔친다.

 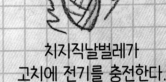

치지직날벌레가
고치에 전기를 충전한다.

천둥날벌레의
한살이

천둥벌레가 사람들을
치지직 감전시킨다.

천둥날벌레가
튀어나온다.

경고! 천둥날벌레가 쏘는
녹색 번개를 맞으면
몸이 몇 분 동안 마비된다. 천둥날벌레에
맞서려면 번개를 대신 맞아 줄
피뢰침을 꼭 갖고 다녀라!

수리수리게수리

비장의 속임수 몇 가지를 숨겨 둔 게 괴물.

서식지

안전랜드.

먹이

솜사탕?

행동

마술사인 척한다.

가짜 안경

가짜 코

가짜 수염

가짜 수정 구슬

가짜
팔걸이 붕대

진짜 토끼!

슈퍼미끌이

보기에는 맹해 보이지만 그리 멍텅구리는 아니다.

서식지   스터몬
초등학교 9층.

뽀잉
뽀잉!

슈퍼미끌이는 방울 모양으로 변신해서 얌체공처럼 통통 튀어 다닐 수 있다.

먹이

로션? 물? 이 괴물은 습기를 빨아 먹는다.

행동

이 괴물은 동물, 사람, 괴물은 물론 어떤 모습으로도 변신할 수 있다!

경고!

너희 선생님이 슈퍼미끌이일 수도 있다! 혹시 선생님이 손에 크림을 지나치게 자주 그리고 많이 바르는지 확인할 것.

여덟코주부

악취덩어리이자 골칫거리인 코, 뿔, 뿌리가
여덟 개나 달린 괴물.

톱상어 톱날

독수리 부리

코끼리 코

돼지 코

코뿔소 뿔

물개 코

냄새 잘 맡는 개코

경적을
울리는
왕코!

콧방귀!

여덟코주부가 웃는다면 코에서 우유가 뿜어져 나올까?

먹이

여덟코주부는 입이 없다. 그냥 구리구리한 냄새만 맡고도 살 수 있는 것 같다.

서식지

악취 나는 구덩이가 되어 버린 미니 골프 코스.

행동

이 괴물은 대포알 만 한 코딱지를 발사한다. 여덟코주부가 지나간 자리에는 미끌미끌한 콧물이 남는다.

경고!

여덟코주부는 꽃향기를 맡으면 태풍 같은 재채기를 한다.

음매, 슈웅, 파박!
황소맨!
침흘라스틱

맨디의
엄청 끝내주는
멋쟁이
모기
침흘라스틱

용
조련사
침흘라스틱

오싹오싹
소름 가득
초등학교
침흘라스틱

부엉부엉
부엉이 밤 일기
침흘라스틱

마젠타
공작부인
침흘라스틱

진달래
꽃길
침흘라스틱

괴짜 세상
침흘라스틱

키퍼와
지프
침흘라스틱

산드라와
땅거미
요정들
침흘라스틱

케이퍼와
비어트리스
침흘라스틱

반짝이는
친구들
침흘라스틱

정지 버튼을
눌러라
침흘라스틱

초강력왕주먹대장

너무, 너무, 너무, 너무 멋지다!

 자전거 경사로, 피구 대회, 몬스터 트럭 경주 대회처럼 멋진 장소들.

먹이

예전에는 땅에 떨어진 사탕을 주워 먹었지만 요즘에는 컵케이크를 주로 먹는다.

행동

초강력왕주먹대장은 멋진 뿔, 멋진 비늘, 멋진 꼬리, 멋진 주먹, 멋진 포효 소리 그리고 잘생긴 눈썹으로 유명하다.

경고!

너를 초강력왕주먹대장과 비교하지 마라. 너 자신이 초라하고 찌질하게 느껴져 기가 죽을 테니까.

그리고 이 괴물도 잊지 마.

거대파란왕개미!

무지무지 멋진 도우미 괴물

거대한 크기

밝은 파란색!

끽끽 소리를 내는 더듬이

날카로운 턱

갑옷처럼 단단한 흉곽
흉각
흉각?
가슴

외뿔마딜로

외뿔고래 + 아르마딜로.

단단한
껍데기

날카로운
발톱

채찍 같은
꼬리

서식지

스터몬 초등학교의 전전 건물,
전 건물, 지금 건물!

전전 건물

전 건물

지금 건물

 흐으음… 이 괴물은 머리를 땋으면 못 알아볼 정도로 달라진다.

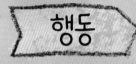 **행동** 외뿔마딜로에게는 강력한 괴물 기술이 몇 가지 있다.

외뿔마딜로 회전!

외뿔 찌르기!

껍데기 방패!

놀라운 수영 실력?

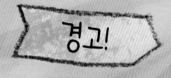 **경고!** 외뿔마딜로는 말 그대로 장난이 아니다. 스터몬에서 가장 거칠고 가장 위험한 괴물 가운데 하나이다. 가능하면 외뿔마딜로의 적이 되지 않도록 하라!

으악!

이 노트는 이제 다 채워졌다. 네가 이 글을 읽고 있다면,
너는 너의 친구들과 가족들 그리고 반 친구들을 움켜쥐고,
뭉개고, 잡아먹을 준비가 되어 있는 괴물들이
아직 많이 있다는 사실을 잘 알 것이다!
따라서…, 이제 너는

새 노트를 쓰기 시작해야 한다!

준비물:

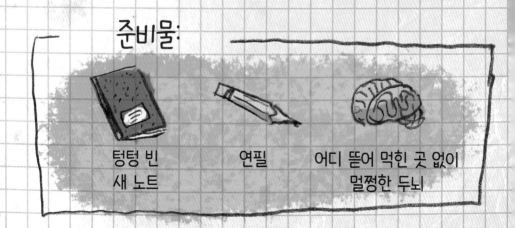

| 텅텅 빈
새 노트 | 연필 | 어디 뜯어 먹힌 곳 없이
멀쩡한 두뇌 |

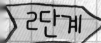 **1단계**

선서를 하라!(공식 선서 참고.)

2단계

괴물들이 있는지 늘 주변을 살펴보라!

집, 학교, 동네를 돌아다닐 것. 침 웅덩이가 있는지
살필 것. 으르렁 소리가 들리는지 확인할 것.
끔찍한 냄새가 나는지 코를 킁킁거릴 것.
명심하라. 괴물은 어디에나 있다.

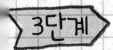 **3단계**

친구들과 팀을 이루어라!

쉬는 시간에 가장 재미있고, 가장 영리하고,
가장 용감한 친구 몇 명을 붙잡고 너의 조직에
들어오라고 부탁해 보라. 친구들의 아이디어에 귀
기울이고 친구들의 능력을 믿고, 네가 어려울 때
친구들이 도와줄 것이라는 믿음을 가져라.

4단계

비밀 본부로 쓸 장소를 구하라!

운동장 구석진 곳? 사촌 집 지하실?
미니밴의 세 번째 줄? 괴물들이 너희 대화를
엿들을 수 없는 곳이면 어디든 좋다.

출입 금지

조심해! 괴물의 존재를 믿지 않는 선생님, 코치, 부모 등 다양한 어른들을 만날 수 있다. 그런 사람들이 있다는 걸 괴롭힘을 절대 잊지 말 것!

슈.초.괴.특.

행운을 빈다.
그리고 → 잡아먹히지 말자!

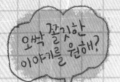

오싹 꼴깃한 이야기를 원해?

경고!

절대 열면 안 되는 공포의 노트

트로이 커밍스 지음 | 김영선 옮김 | 각 권 값 14,000원

뉴욕타임스 베스트셀러 작가

아마존 '선생님의 선택' 선정

아이가 알아서 찾아 읽는 최고의 읽기책!

1

춤추는 풍선괴물과 생일 파티

2

터널물고기와 슈.초.괴.특.의 비밀

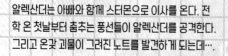

알렉산더는 아빠와 함께 스터몬으로 이사를 온다. 전학 온 첫날부터 춤추는 풍선들이 알렉산더를 공격한다. 그리고 온갖 괴물이 그려진 노트를 발견하게 되는데….

비 오는 날, 알렉산더의 동네가 지렁이들로 바글거린다. 알렉산더는 지렁이들이 괴물일까 봐 불안에 떤다. 한편 괴물 노트의 비밀이 밝혀지는데….

3

땅다람쥐 날과 으스스그림자 습격 사건

어느 날, 거울 속에서 갑자기 수상한 그림자가 나타난다. 게다가 알렉산더는 송곳니가 뾰족한 데다 그림자도 없는 친구의 정체 때문에 고민하게 되는데….

4

얼어붙은 학교와 육식채소들의 은밀한 계획

학교가 꽁꽁 얼어붙더니 맛없는 급식 대신 아이스크림과 파이가 나온다. 알렉산더는 틀림없이 괴물의 짓이라고 여긴다. 그런데 갑자기 립이 사라지는데….

5

피냐타 사우루스와 개미 마을

알렉산더의 소중한 개미 농장이 깨져 버린다. 거대한 발자국 구덩이, 구부러진 가로등, 여기저기서 발견되는 사탕들, 엄청난 진동까지 수상한 일은 계속되는데….

6

혹투성이 미라와 루비전갈

아빠의 반사경이랑 립 엄마의 트럼펫이 감쪽같이 사라진다. 방학 첫날 밤, 박물관 최고의 보물 루비전갈마저 사라지고 혹투성이 미라가 어슬렁거리는데….

7

땅거미 캠프와 한여름의 눈좀비 대소동

꼬불꼬불한 산길을 올라 도착한 땅거미 캠프. 알렉산더와 친구들은 찌는 듯한 무더위 때문에 잠을 설친다. 그런데 기묘한 소리가 들리더니 눈까지 내리는데….